Léturgie

Arthur de Pins

Delaf - Dubuc

POIPOI
06

le Journal de Carmilla

1 • Reproduction Interdite

SCÉNARIO
LORRIS MURAIL

DESSIN & COULEURS
LAUREL

VENTS D'OUEST

Merci à Fabrice Tarrin, Boulet, Anne Simon, Yan Lindingre, Fabrice Parme, Manu Larcenet, Gally, Poipoipanda, Lewis Trondheim, Colonel Moutarde, Maliki, Thiriet, Baba, Tartuff, Lapuss, Kek, Cmax, Nancy Pena, Guillaume Long, Melaka, Delaf & Dubuc, Simon Léturgie, Arthur de Pins, Frodon.

Laurel

31-33, rue Ernest-Renan
92130 Issy-Les-Moulineaux
www.ventsdouest.com

Dépôt légal : août 2006
ISBN : 978-2-7493-0269-0
Achevé d'imprimer en France en décembre 2007 par Jean-Lamour - Groupe Qualibris

Carmilla

À treize ans et demi, la vie est belle. Surtout quand on a les plus beaux yeux bleus de la Terre (d'après ma mère). Pourtant, le sort m'accable. Passons sur les grandes oreilles (sous le bandeau) et parlons hommes. Celui qui est là et qui ne me regarde pas (Jonathan). Celui qui n'est pas là et que je ne veux voir sous aucun prétexte (bébé X). La partie en double s'annonce serrée. Voyons les forces en présence.

Mina

Ma soeur. À peine plus de huit ans et déjà en CM1. Polytechnique, c'est pour bientôt. Mina veut tout savoir sur tout et, parfois, je me demande si ce n'est pas déjà le cas. Une alliée sûre mais incontrôlable. Je t'adore, Mina, mais par moments tu me fais peur.

Papa & Maman

Lui, c'est Jacky. Un rescapé d'une époque ultra-violente, l'ère du punk-rock. On les reconnaît aux trous d'épingles dans les oreilles et les joues. Il lui arrive encore de mettre son vieux T-shirt NO FUTURE et on est prié de ne pas rigoler. Son autre passion: les films d'horreur.

Elle, c'est Barbara, comme la chanteuse du siècle dernier, son idole. Maman s'habille souvent comme elle, tout en noir. Longtemps, je me suis sentie fière d'avoir une maman jeune et jolie. Jusqu'au jour où j'ai compris qu'elle était assez jeune pour avoir un enfant. Je parle d'un éventuel troisième enfant.

Le tagada's club

Elles sont trois, en plus de moi. Angélique est d'origine haïtienne. Vous savez, le pays du vaudou. Autant dire qu'il ne faut pas se fier à son sourire éclatant. Angélique est une dingue de magie et de sciences bizarres. Priez pour qu'elle ne s'associe jamais avec Mina.

Steffi est une grande rousse baraquée, imbattable au tennis. C'est à elle qu'on doit l'invention du chamallow grillé sauce Crunch. Bref, elle n'a pas intérêt à arrêter l'entraînement.

Jenny est encore plus grande et plus blonde que Steffi. Avec vingt kilos de moins. Et ce n'est pas le poids de sa cervelle qui risque de faire péter la balance. Tous les garçons sont fous de Jenny. Et, inexplicablement, moi aussi.

Jonathan

Beau, convoité mais désespérément sportif. En tout cas dans sa tête (qu'il a joliment faite, dans le genre châtain ténébreux). Fan absolu du PSG, membre des Supras d'Auteuil (je répète ce qu'on m'a dit). Prétend qu'on peut être intelligent ET aimer le sport et notamment le PSG. Reste à le prouver. Je ne suis pas absolument sûre que ce soit l'homme de ma vie, mais j'aimerais quand même bien lui donner une chance. Enfin, j'aimerais bien qu'il m'en donne une. Et pour ça, il n'y a qu'une chose à faire: potasser. Bon, pour commencer, PSG, PSG... c'est quoi, des initiales ? Mais les initiales de qui ? De quoi? (D'après une rumeur malveillante, ce serait : Perd Sans Gloire).

Demain, rentrée. J'ai songé à déclarer la guerre aux Etats-Unis ou à lancer une alerte à la grippe aviaire mais, d'après Mina, ça ne servirait à rien. Elle dit qu'il est déjà arrivé qu'on annule le Tour de France, mais la rentrée des classes, jamais. Pas une seule fois depuis Charlemagne.
Bref, il ne me reste que quelques heures pour rêver.
Rêves, mon top 3 :
1) Mon père découvre qu'il est devenu stérile.
2) Une bombe atomique tombe sur le collège (une petite, et en dehors des cours, merci).
3) Le PSG est transféré à Marseille.
Certains pourraient considérer qu'il s'agit de trois cauchemars. Seulement mes cauchemars n'ont rien à voir avec ça.
Cauchemars, mon top 3 :
1) Ma mère est enceinte de triplés mâles.
2) Le collège est désormais ouvert tous les jours, même le dimanche.
3) On m'offre pour mon anniversaire un abonnement à la tribune des Boulogne Boys.
La dernière rumeur. Monestier, notre bien-aimé principal, a décidé de régler une fois pour toutes le problème des signes ostensibles. Toujours deux trains de retard, Monestier.
Par curiosité, je regarde dans le dictionnaire. Ostensible : "qui peut être montré sans inconvénient". Inouï, non? Faut que j'arrête, j'ai à faire. Cocktails et brochettes de chamallows. C'est la dernière réunion estivale du Tagada's Club, ça se prépare, ça se soigne. Nous, aujourd'hui, c'est Calories et Papotages !
Cœur de Rêves
Journal

Réunion du Tagada's Club côté jardin. Transats, crème solaire et cocktails kiwi-ananas-passion. On pourrait croire à une super bronzette-party. Erreur funeste... Pour Steffi, Angélique, Jenny et moi, ce jour est un jour maudit. Demain, c'est le 4 septembre. Que nous réserve cette nouvelle année scolaire ? Dieu seul le sait. Enfin... Dieu et Angélique, si la boule de cristal dit vrai.
JE VOIS... LA DISPARITION PROGRESSIVE DU BRONZAGE... LA REMONTÉE DU JEAN AU-DESSUS DE L'ÉLASTIQUE DU STRING... DU POISSON PANÉ ET DU DINDONNEAU, BEAUCOUP DE DINDONNEAU...
JE VOIS... UN RECORD DU BAHUT SUR 60 MÈTRES PLAT... UNE RECRUDESCENCE DES BOURRELETS SUR LES HANCHES... UNE RUPTURE AVEC LE PROF DE SVT ET... OH ! UN DEUIL ANIMALIER...
CLÉO !
JE VOIS... UN HOMME... IL S'INSTALLE CHEZ TOI... IL N'EST PAS BIEN GRAND MAIS IL PREND UNE PLACE DINGUE.... C'EST... C'EST....
HIIIIII
QUE S'EST-IL PASSÉ ? JE NE ME SOUVIENS DE RIEN.
JE VAIS ÉPOUSER UN NAIN ?

C'est la révolution au collège. Le principal, M. Monestier, a eu une idée de génie. Il y aura désormais au bahut une Salle des Signes Ostensibles, dite la "S.O." D'après Monestier, je cite : "La Salle des Signes Ostensibles, ce sera un peu comme la salle fumeurs des libertés : tolérer ne signifie pas approuver." C'est grâce à la S.O. que j'ai fait la connaissance de Jonathan. Le pauvre. Il était en pleine crise de foi.
QUAND L'ENVIE VOUS DÉMANGE, ELLE EST À VOTRE DISPOSITION !
CE QUI S'Y PASSE NE REGARDE QUE VOUS !
VOUS VOYEZ, JE DONNE L'EXEMPLE.
BON SANG, COMMENT ON FAIT LE NOEUD, DÉJÀ ?
SALLE OSTENSIBLE
AUCUN SIGNE OSTENSIBLE NE DOIT SORTIR DE LA SALLE OSTENSIBLE.
MATHS

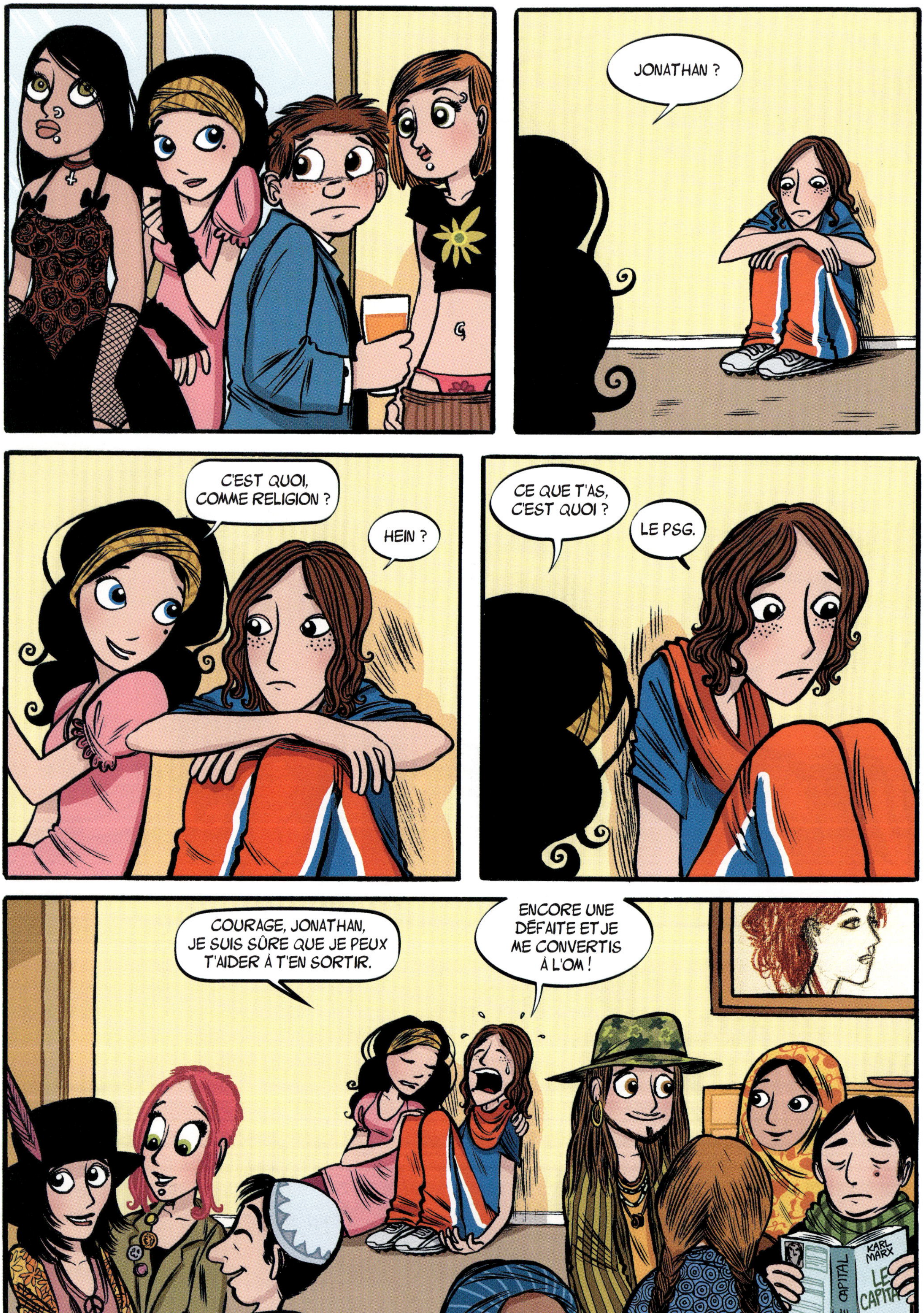
JONATHAN ?
C'EST QUOI, COMME RELIGION ?
HEIN ?
CE QUE T'AS, C'EST QUOI ?
LE PSG.
COURAGE, JONATHAN, JE SUIS SÛRE QUE JE PEUX T'AIDER À T'EN SORTIR.
ENCORE UNE DÉFAITE ET JE ME CONVERTIS À L'OM !
KARL MARX
LE CAPITAL

Il y a deux sortes de garçons : les garçons-moto et les garçons-ballon. Jonathan est un garçon-ballon. Pas de stratégie de conquête sans potasser le sujet...
Hier encore, j'ignorais tout. Grâce aux recherches de Mina, j'en connais maintenant un rayon sur cette activité typiquement masculine !
IL Y A VINGT-DEUX JOUEURS. PAR EXEMPLE, ONZE ANGLAIS, ONZE ALLEMANDS.
AH... ET DANS CE CAS-LÀ, ILS PARLENT QUELLE LANGUE ?
ON POUSSE LE BALLON AVEC LES PIEDS.
ÇA FAIT... WOAW ! 44 PIEDS !
ET ON VISE LE FILET. HOP !
ATTENDS... 'Y A 44 BALLONS OU SEULEMENT 22 ?
PFFF... TIENS, VOILÀ LE RÈGLEMENT. T'AS QU'À LIRE.
QUOIII ! ZIZOU GAGNE QUATORZE MILLIONS D'EUROS PAR AN !!! CETTE FOIS C'EST SÛR, JONATHAN, C'EST L'HOMME DE MA VIE !
Le FOOT

Hier, il y avait PSG contre je-ne-sais-qui (d'autres types avec des numéros dans le dos). Comme d'habitude, Jonathan et son pote Lamine refont le match. L'occasion rêvée de tester mes connaissances. J'ai révisé comme une folle... Je le sens : je suis prête !!!
L'HORREUR ! D'ABORD, Y A PAULETA QUI TIRE SUR LA BARRE !
SOIT 2,44 MÈTRES DU SOL !!! LOI 1.
Le foot
APRÈS IL RATE UNE TÊTE, MAIS MÊME MOI, JE LA METS AU FOND !
BUT VALABLE SI LA SPHÈRE DE CUIR FRANCHIT ENTIÈREMENT LA LIGNE. LOI X.
ET LES AUTRES ILS MARQUENT, MAIS IL Y A...
HORS JEU !
HORS-JEU. LOI XI. LA PLUS IMPORTANTE DES 17 RÈGLES DE CAMBRIDGE (1846). CEPENDANT, LES DÉCISIONS DE L'ARBITRE SONT SANS APPEL. LOI V.
EUH... T'ÉTAIS AU PARC ?
BIEN SÛR ! ZINEDINE ZIDANE A MARQUÉ AU MOINS 9 BUTS. ET SANS LES MAINS !
ZIZOU AU PSG ! LA PAUVRE...
LES FILLES ET LE FOOT, HA HA HA !

La séance avec Angélique m'a tuée. La voyance,
c'est bien, à condition d'annoncer du pognon.
À la rigueur un grand amour. Tandis que là...
Qu'est-ce qu'elle a dit, cette cruche ?
"Un homme pas très grand qui prend une place
dingue". Bref, un nain agité. Pas franchement
le portrait de Jonathan, que je rangerais plutôt
dans la catégorie des mous de taille moyenne.
Maintenant, rien ne prouve que ce soit vraiment
l'homme de ma vie. Il est super beau mais je ne vais
peut-être pas finir mes jours avec un garçon qui
dépense tout son argent de poche en fumigènes.
Puis, franchement, Angélique n'aurait pas tourné
de l'oeil pour une banale histoire d'amour tragique
entre une intello aux grandes oreilles et un supporter
beau comme un dieu. Pour qu'elle ait poussé un
cri pareil, il faut que...
Pas très grand ou carrément petit ?
Si ce qu'elle a vu dans sa boule de cristal est
vraiment très très petit, oui, oh oui ! Malheur !...
J'ai mon idée. Très très petit genre quelques microns.
Quelques microns perdus au milieu de dizaines de
millions d'autres microns. Je me comprends. Et là...
si Angélique a raison... je n'ai rien à ajouter à ce
qu'elle a dit : Hiiiii !!!
Mina qui lit par-dessus mon épaule me signale
qu'on ne dit plus micron mais micromètre. Mina,
j'ai horreur que tu lises par-dessus mon épaule.
Maintenant, t'es toute pâle. Bien fait pour toi.
Hiiiii !!!

Mina est une peste. Une sale fouineuse. Elle me demande jamais rien. Tous les trois jours, il faut que j'aille récupérer ma gomme, mon scotch, mes feutres sur son bureau. Comme si tout ça voyageait sur des petites pattes ! Rien n'est à l'abri, même pas les trucs intimes de Maman. Mais Mina fait parfois des découvertes très intéressantes...
HÉ, CARMILLA, TU SAIS CE QUE J'AI TROUVÉ DANS LA TROUSSE DE TOILETTE DE MAMAN QUI N'Y ÉTAIT PAS ?
RÉPÈTE EN FRANÇAIS... HÉ ! T'AS PAS LE DROIT DE FOUILLER !
Journal
J'AVAIS BESOIN DE CRÈME ANTI-RIDE POUR LUDOVIC.
BREF, QU'EST-CE QUE TU AS TROUVÉ QUI Y ÉTAIT PAS, DANS LA TROUSSE DE MAMAN ?
LA PLAQUETTE, TU SAIS, AVEC LES JOURS MARQUÉS DESSUS : LUN, MAR, MER...
LA PILULE ?!
OUI, VOILÀ, LA PILULE ANTICONCEPTIONNELLE.
TU VEUX DIRE QUE MAMAN AURAIT ARRÊTÉ ? MAIS... ELLE A PAS LE DROIT !
J'AI FAIT UNE RECHERCHE SUR INTERNET. ON LA DONNE DEPUIS 1966. REMBOURSÉE PAR LA SÉCU EN 74.
MAIS TIENS-TOI BIEN... C'EST PAS OBLIGATOIRE ! MÊME POUR LES FEMMES DE SON ÂGE.

MÊME QUAND...
NON. MÊME QUAND ON RISQUE D'AVOIR UN GARÇON.
MAIS C'EST MONSTRUEUX !
RETOURNE FOUILLER, MINA!
'FAUT QU'ON SACHE SI ELLE A DÉJÀ ACHETÉ CE TRUC, LÀ, TU SAIS, LE TEST DE CALAMITÉ. TU FAIS PIPI DESSUS ET TU SAIS SI UN MALHEUR EST ARRIVÉ. UN ROND APPARAÎT. BLEU SI C'EST UNE FILLE.
COMMENT TU LE SAIS ?
J'AI VU LE TIEN, IGNOBLE.
ET SI C'EST UN GARÇON, ÇA FAIT QUOI ?
EUH...UNE CONSOLE NINTENDO, JE SUPPOSE !

Aujourd'hui, Tagada's Party chez Jenny. Mets délicats et papotage subtil. Impossible d'échapper au grand sujet du jour... Selon le principal, M. Monestier, nous avons tous en nous quelque chose d'ostensible. Remarquez bien, souvent, on ne demande qu'à se désostensibiliser. Désolée pour la chute... JE NE POUVAIS PLUS ME TAIRE !!!
BLEU POUR MOI. LE CHAMALLOW DOIT ÊTRE JUSTE SAISI, PAS CARBO.
LA FONDUE DE CRUNCH EST PRÊTE !
QU'ÈCHE' VOUS AVEZ COMME CHIGNES OCHTENSIBLES, VOUS ?
'VOIS PAS. À PART MA COULEUR CHOCOLAT. C'EST DE NAISSANCE.
PROFITE TANT QUE C'EST AUTORISÉ !
MOI C'EST CLAIR, UNE LÉGÈRE SURCHARGE AU NIVEAU DES HANCHES... JE SUIS OK POUR Y RENONCER. AUX KILOS, HEIN, PAS AU BARBECUE.
SIGNE OSTENSIBLE DE GOINFRERIE.
ET TA SUBLIMISSIME BEAUTÉ, JENNY, TU NE TROUVES PAS QU'ELLE EST SCANDALEUSEMENT OSTENSIBLE ???
TU VOUDRAIS QUE JE PORTE LE VOILE ?

MOI...
...MOI J'AI TOUT D'OSTENSIBLE.
OREILLES À LA DUMBO, TARIN DE BUSE, BUBONS DE CRAPAUD, NICHONS DE LIMANDE, PÈRE ROCKER, SOEUR INTELLO-DÉMENTE ...
CAS OSTENSIBLE DE DÉPRIME POST-RENTRÉE DES CLASSES.
QUELQUE CHOSE TE TRACASSE, CARMILLA...
CE MATIN, MA MÈRE M'A DEMANDÉ SI ÇA ME PLAIRAIT D'AVOIR UN PETIT FRÈRE !
COMMENT PLOMBER UNE TAGADA...
MÊME MOI, J'AI PLUS FAIM.
OSTENSIBLEMENT RÉPUGNANT.

Quand Mina commence à s'intéresser à un sujet, ça tourne tout de suite à l'obsession... Évidemment, en ce moment, elle est très branchée reproduction. Comme elle trouve les insectes beaucoup plus passionnants que les êtres humains, elle envisage de proposer un exposé sur la vie sexuelle des abeilles... Ça ne doit pas être très facile tous les jours, comme boulot, maîtresse de CM1 !
COMMENT ELLES FONT, D'APRÈS TOI, LES ABEILLES ?
TU TE SOUVIENS DE "PASSIONS TORRIDES", L'AUTRE SOIR À LA TÉLÉ ?
CORPS HORIZONTAUX, ÉTREINTES SAUVAGES, MOUVEMENTS SACCADÉS, CRIS BESTIAUX... OUI, JE VOIS.
EH BIEN, LES ABEILLES FONT À PEU PRÈS PAREIL, EN MOINS BRUYANT.
TOUT BÊTEMENT.
BZZZZZ
MAMAN PRÉTEND QUE LES ABEILLES SE REPRODUISENT EN BUTINANT.
?
MAIS ON NE PEUT JAMAIS SE FIER À SES INFORMATIONS.
ATTENDS !
SI ON METTAIT DES FLEURS PARTOUT DANS LA MAISON ? AVEC UN PEU DE CHANCE, PAPA TOMBERAIT DANS LE PANNEAU !
SAUVÉES !

Papa et maman ne parlent pas souvent de leur jeunesse. Je pense que c'est parce qu'ils ont honte tellement cette époque était minable. Le peu que j'en sais fait vraiment froid dans le dos. Presque rien n'existait. Ni l'internet, ni les SMS, ni le MP3.
Il paraît qu'il y avait déjà des consoles vidéo mais qu'on pouvait lire un bouquin en jouant, vu la rapidité. Papa aimait les films en noir et blanc, maman aimait les chanteuses en noir et blanc. Il aimait la viande rouge et le punk saignant, elle aimait le chou-fleur et les comédies musicales.
En fait, ils n'étaient d'accord que sur une chose. Ils voulaient deux enfants, une fille et un garçon. Finalement, ils ont eu une fille (moi) et Mina (qui appartient à une catégorie spéciale). Et c'est très bien comme ça. Ils avaient droit à deux tentatives. Mina et moi ne sommes pas responsables du résultat. Il n'a jamais été question d'une grossesse de rattrapage.
Ou alors qu'on le baptise tout de suite Joker. C'est pas mignon, pour un garçon, Joker ?
ALBUM PHOTO

Y a des pères Tiercé-Loto, des pères Foot-Kronenbourg. Moi, j'ai un père ex-punk-cheveux-en-pétard.
Bon, il est à peu près guéri...
Mais quand on ne connaît pas son passé glorieux de rebelle ultra-violent (rigolez pas !), impossible de comprendre pourquoi il m'a flanqué une baffe l'année dernière.
Flash-back.
CONSERVES
PROMO
Cerise 3,50€/kg
12€80, C'EST ÇA ?
SECU
MOI, À TON ÂGE, LES VIGILES, ILS OSAIENT MÊME PAS S'APPROCHER.
RCHE
LES "SEX PISTOLS", ÇA, C'ÉTAIT DES REBELLES. PUNK À MORT, QUE J'ÉTAIS.
COMMENT VEUX-TU PIQUER DANS UN HYPER AVEC LA PETITE VESTE SERRÉE, LÀ, NUNUCHE ? PARCE QUE NOUS, C'ÉTAIT PAS UN CÉDÉ, C'ÉTAIT DES PILES! 'FALLAIT TRAVAILLER LE CAMOUFLAGE !
TU ... T'ES PAS FÂCHÉ, ALORS ?
QUE TU FAUCHES, OK, C'EST DE TON ÂGE. QUE TU TE FASSES CHOPER, MANQUE D'EXPÉRIENCE, D'ACCORD...
...MAIS ME FAIRE PAYER UN CD DE LARA FABIAN À MOI QUI AI FAILLI SERRER LA MAIN À SID VICIOUS, ÇA, JAMAIS PLUS !!!

Mes parents sont très vieux. Mon père, surtout. Pour situer, quand il est né, le PSG n'existait pas... Mais certaines choses, oui, comme le cinéma (Hélas). Vu mes difficultés de séduction avec Jonathan, j'ai pensé que ça pouvait être intéressant de me renseigner sur les méthodes à l'ancienne. D'où ma question à Maman: "Comment il a fait, Papa, pour te séduire?"
AVEC SES CHEVEUX EN PÉTARD, SON ÉPINGLE À NOURRICE, SES ANNEAUX DANS L'OREILLE, JE PEUX TE DIRE QUE TON PÈRE M'A PLU TOUT DE SUITE.
BEURK !
JE M'EN SOUVIENS COMME SI C'ÉTAIT HIER. IL M'A EMMENÉE VOIR "LA FIANCÉE DE DRACULA"
VACHEMENT ROMANTIQUE !
QUAND DRACULA A SOULEVÉ LE COUVERCLE DE SON CERCUEIL, IL A POSÉ SA MAIN SUR LA MIENNE.... POUR ME RASSURER, ÉVIDEMMENT.
QUAND DRACULA A FAIT "AH AH AH", SA MAIN A GLISSÉ JUSQU'À MON ÉPAULE...
AH BON, ÇA EXISTAIT DÉJÀ, LE CINÉMA PARLANT ?
C'EST DEVENU VRAIMENT SÉRIEUX LE JOUR OÙ IL M'A INVITÉE CHEZ LUI À MANGER DES HUÎTRES.
DES HUÎTRES !

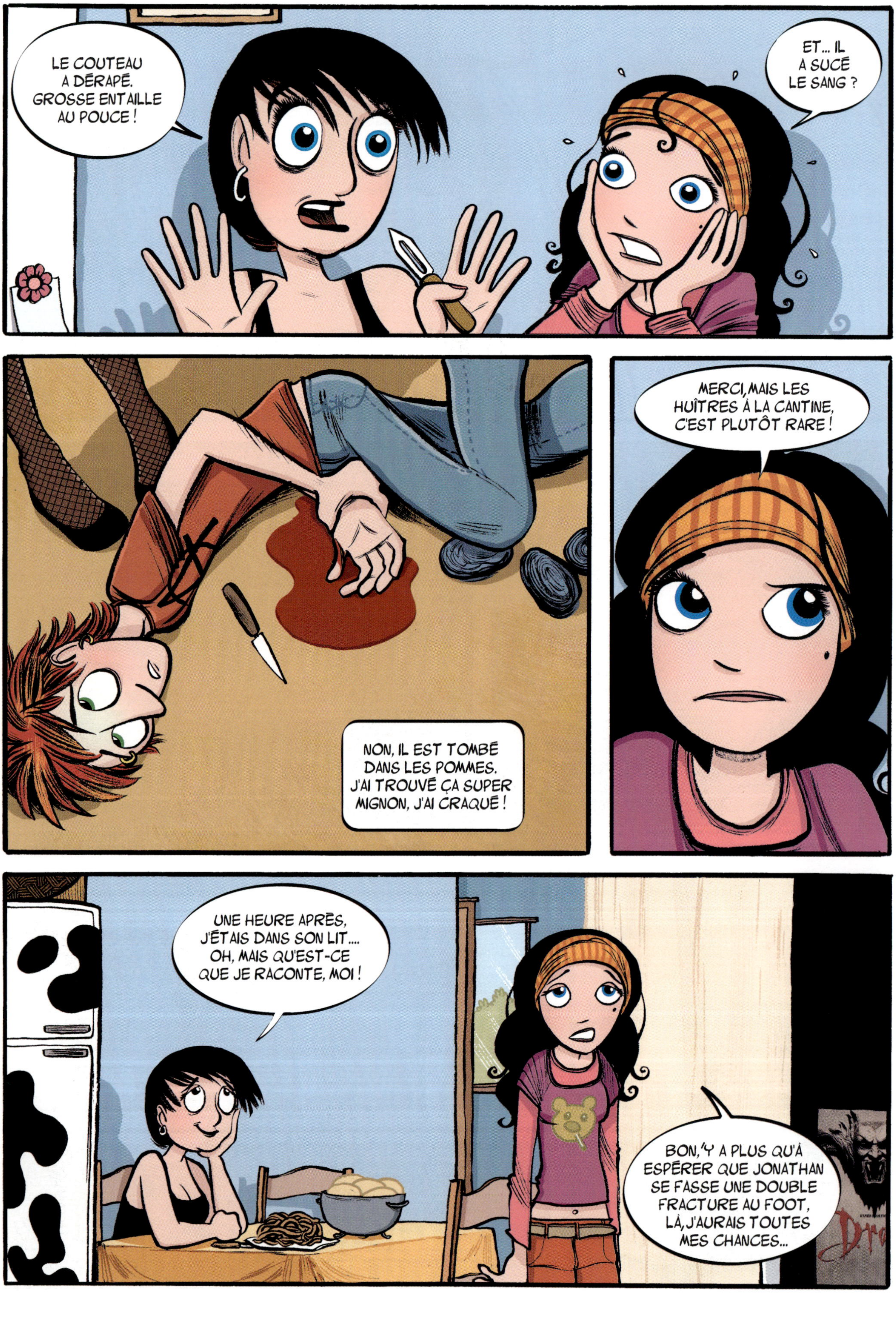
LE COUTEAU A DÉRAPÉ. GROSSE ENTAILLE AU POUCE !
ET... IL A SUCÉ LE SANG ?
NON, IL EST TOMBÉ DANS LES POMMES. J'AI TROUVÉ ÇA SUPER MIGNON, J'AI CRAQUÉ !
MERCI, MAIS LES HUÎTRES À LA CANTINE, C'EST PLUTÔT RARE !
UNE HEURE APRÈS, J'ÉTAIS DANS SON LIT.... OH, MAIS QU'EST-CE QUE JE RACONTE, MOI !
BON, 'Y A PLUS QU'À ESPÉRER QUE JONATHAN SE FASSE UNE DOUBLE FRACTURE AU FOOT, LÀ, J'AURAIS TOUTES MES CHANCES...

Au foot, on joue match aller et match retour.
Là, c'est un peu pareil. Papa avait reçu le premier, vampire sur grand écran et salle de ciné miteuse. Maman a répliqué dans un music-hall nettement plus classe. C'est là qu'a eu lieu la fameuse déclaration de Bobino (prononcée par Papa en personne). Autrement dit, c'est ce soir-là, à la fin du récital, qu'ils ont décidé d'avoir deux enfants (et pas trois !). Oui, je sais, une fille et un garçon.
AUCUN HOMME AVANT TOI, N'A POSÉ SES MAINS SUR MOI.
CE GRAND GARS AU COEUR TENDRE, QU'ON N'A PAS SU COMPRENDRE.
LA NUIT TU DORS, LE JOUR TU VEILLES.
ZZZZZZ
OH, LAISSEZ, LAISSEZ-MOI DORMIR...
MA PLUS BELLE HISTOIRE D'AMOUR, C'EST VOUS !
BRAVO BRAVO
CLAP CLAP
BRAVO BIS
CLAP CLAP CLAP
BRAVO
?
J'AI RÊVÉ QU'ON AVAIT DEUX ENFANTS.
UN GARÇON ET UNE FILLE.

Bien sûr, il y a les jours
bouderie, les jours contaminants
(grippe), les jours de charrette au boulot, n'em-
pêche que le rythme reste étonnamment soute-
nu même après tout ce temps. Perso, je ferais
bien une tentative (avec Jonathan de préférence)
mais je ne me vois pas rester dans le business
pendant des décennies. Passé le millième
bisou, franchement, qu'est-ce qu'on peut espérer
découvrir de nouveau ? On ne fait pas les
enfants comme ça, JE SAIS. Mais il y a un
lien, j'en suis convaincue. Une dernière préci-
sion fournie par Mima : l'être humain produit
1 litre et demi de salive par jour... Je ne
vous dis pas les MILLIARDS de microbes !!!
À 10 BISOUS PAR JOUR DEPUIS 17 ANS... ON A DÉPASSÉ LES 60.000 PATINS.
HALLUCINANT !
À 5 SECONDES DU BISOU, LE TOTAL APPROCHE DES 90 HEURES.
ÇA DOIT PARAÎTRE LONG.
AUCUNE TRACE D'USURE DES LÈVRES. ÉMAIL DES DENTS INTACT.
'FAUT ADMETTRE QU'ILS SONT HABILES.
ET ÇA NE LES DÉGOÛTE PAS DE FAIRE ÇA ENSEMBLE ? C'EST QUAND MÊME PAPA ET MAMAN.
HUM... TU CROIS QU'IL PEUT ENCORE, PAPA, À SON ÂGE ?
9 SECONDES 8/10ÈME. AUCUN DOUTE, LE PHÉNOMÈNE S'INTENSIFIE.
ALERTE ROUGE ! PANIQUE ! PANIQUE !

Autrefois, il y avait un match encore plus important que OM-PSG, c'était URSS contre USA.
Deux grandes puissances avec chacune un énorme stock de bombes atomiques. On appelait ça la Guerre Froide. Ou l'Équilibre de la Terreur. Ou la Dissuasion nucléaire. Et la règle du jeu, c'était la riposte graduée (tu m'en mets une, je t'en colle deux).
En réalité, il fallait que les deux équipes fassent match nul, sinon, c'était la cata. Bon, je ne devrais pas regarder ce genre d'émissions (Arte, 22h40), ça me donne des idées.
Parce que, si on y réfléchit bien, à la maison, c'est un peu la même chose. D'un côté, les parents avec leur arme absolue de la mort... De l'autre, nous. Que faire pour maintenir le fragile équilibre qui règne sous notre toit ? Devons-nous répondre à la terreur par la terreur (nous avons à notre disposition un arsenal redoutable comprenant par exemple la magie noire et les ciseaux à bouts pointus)?...
Ou devons-nous nous contenter de la dissuasion, méthode certes plus humaine mais ô combien incertaine ?

Il paraît qu'Archimède a découvert son célèbre principe en prenant son bain. Moi, j'ai fait une découverte autrement plus importante en me levant la nuit pour aller aux toilettes. Je sais maintenant comment éviter la Catastrophe Suprême. En effet, quand le plancher grince, les bruits suspects et alarmants cessent immédiatement dans la chambre des parents... Application.
T'AS DES VALISES SOUS LES YEUX.
DES MALLES !
JE NE TIENDRAI PLUS LONGTEMPS. JE ME SENS SI SEULE...
ET MINA ?
HIER, CETTE IDIOTE S'EST ENDORMIE PENDANT SON TOUR DE GARDE. IMAGINEZ QU'ILS L'AIENT FAIT JUSTE À CE MOMENT-LÀ !
LE DANGER EST À SON MAXIMUM LE VENDREDI ET LE SAMEDI, APRÈS L'EXTINCTION DE LA TÉLÉ. LES AUTRES SOIRS, ILS N'ONT PAS LA FORCE.
SANS AIDE, JE N'Y ARRIVERAI JAMAIS...
TU PEUX COMPTER SUR NOUS !

CROUIC
CROUIC
CROUIC
CROUIC
ENCORE !
HARRY PÉTEUR
NON, MADAME, CE N'EST PAS LE DOCTEUR CROUTARD.
HIHI !!!
MAUS
Journal d'un album
BIP BIP BIP BIP
02:00
QU'EST-CE QUE...

PUISQUE JE VOUS DIS QUE JE NE CONNAIS PAS MONSIEUR POULDARD !
MAMAAAN...
...J'AI FAIT UN CAUCHEMAR.
C'EST PAS VRAI !
DÉSOLÉE, CHÉRI...
... MAIS JE SUIS VRAIMENT TROP CREVÉE...

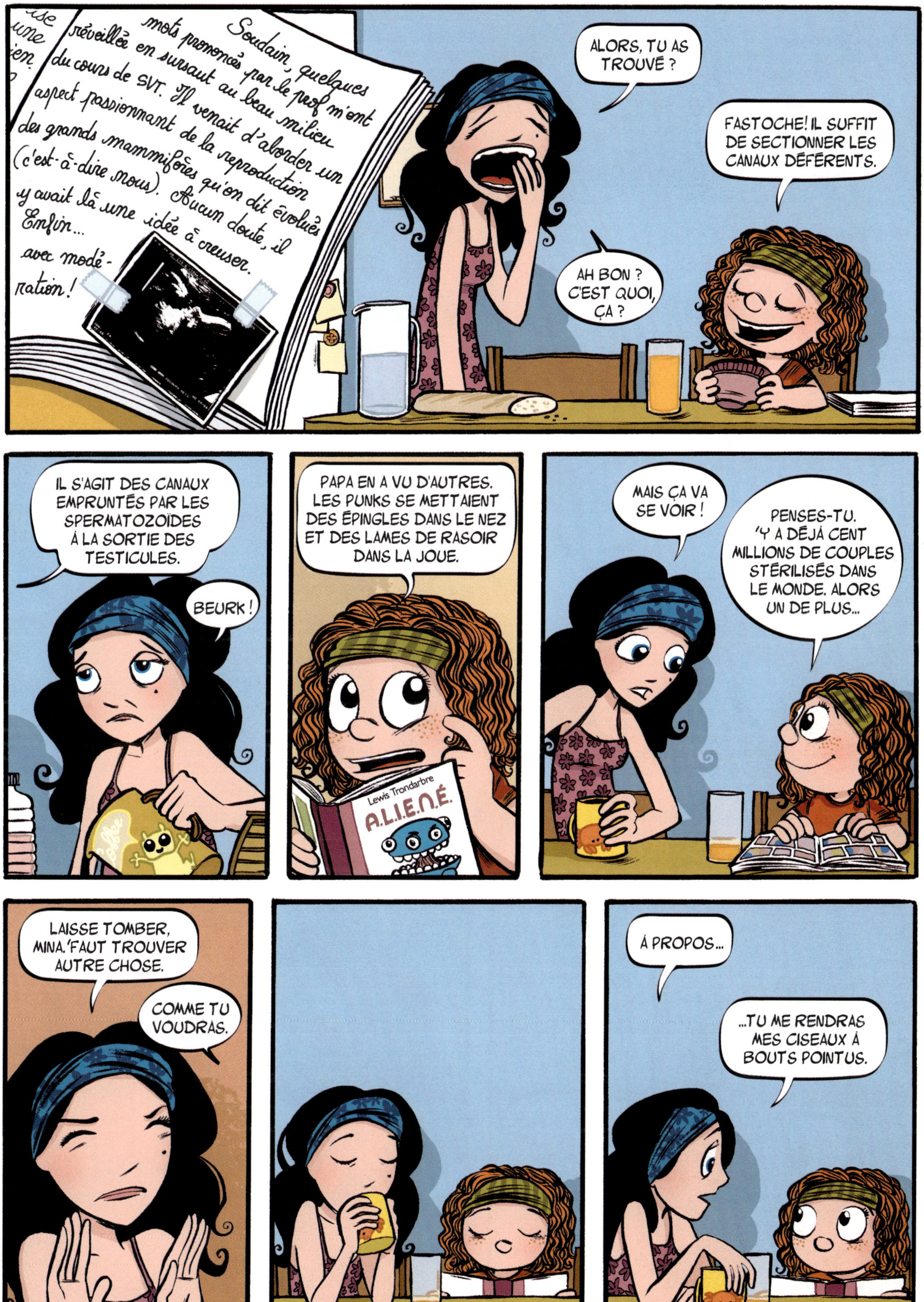
Soudain, quelques mots prononcés par le prof m'ont réveillée en sursaut au beau milieu du cours de SVT. Il venait d'aborder un aspect passionnant de la reproduction des grands mammifères qu'on dit évolués (c'est-à-dire nous). Aucun doute, il y avait là une idée à creuser.
Enfin... avec modération !
ALORS, TU AS TROUVÉ ?
FASTOCHE ! IL SUFFIT DE SECTIONNER LES CANAUX DÉFÉRENTS.
AH BON ? C'EST QUOI, ÇA ?
IL S'AGIT DES CANAUX EMPRUNTÉS PAR LES SPERMATOZOÏDES À LA SORTIE DES TESTICULES.
BEURK !
PAPA EN A VU D'AUTRES. LES PUNKS SE METTAIENT DES ÉPINGLES DANS LE NEZ ET DES LAMES DE RASOIR DANS LA JOUE.
Lewis Trondarbre
A.L.I.E.N.É.
MAIS ÇA VA SE VOIR !
PENSES-TU. 'Y A DÉJÀ CENT MILLIONS DE COUPLES STÉRILISÉS DANS LE MONDE. ALORS UN DE PLUS...
LAISSE TOMBER, MINA. 'FAUT TROUVER AUTRE CHOSE.
COMME TU VOUDRAS.
À PROPOS...
...TU ME RENDRAS MES CISEAUX À BOUTS POINTUS.

Contrairement à ce qu'on imagine, la magie noire peut être considérée comme une méthode douce. Quelques gouttes d'un élixir, n'est-ce pas moins traumatisant qu'une opération chirurgicale ? Angélique a chez elle le vieux manuel de sa grand-mère haïtienne, alias "Mémé Vaudou". Elle l'a ouvert pour moi à la page "nouer les aiguillettes"...
C'EST BIEN UNE ROGNURE D'ONGLE DE TA MÈRE ?
PAS DE DOUTE. TRACES DE VERNIS NOIR.
ET TROIS POILS DE PUBIS PATERNEL, TROIS !
OUI... ENFIN... PRIS DANS LE RASOIR... ALORS PUBIS... C'EST PEU PROBABLE !
ON FERA AVEC. MÉMÉ VAUDOU PRÉCONISE UN PEU DE CRÉATIVITÉ.
SEPT GOUTTES CHACUN DANS UNE BOISSON CHAUDE, TROIS JOURS DE SUITE, OK ?
T'ES SÛRE QUE ÇA VA MARCHER ?
AUSSI EFFICACE QUE LA PILULE, D'APRÈS MÉMÉ VAUDOU. ÉVIDEMMENT, EN CAS D'ÉCHEC, C'EST COMME LA PILULE. ON A GÉNÉRALEMENT DES TRIPLÉS.
JE RIGOLE !

Deux enfants, deux filles (si on considère Mina comme un être humain). Au fond, avoir un garçon, mes parents ne savent pas ce que c'est. Ils n'ont aucune idée du risque qu'ils courent... Je crois qu'il est de mon devoir de leur ouvrir les yeux. Quand ils auront assisté à ÇA, ils y réfléchiront à deux fois. Des scènes insoutenables qu'on aimerait ne plus jamais revoir...
GOAL
T'ES MORTE !
NON, J' SUIS PAS MORTE !
AIE!!!
ET C'EST ALONSO QUI PASSE LA LIGNE !

ATTENTION !
GARE
www.
bloglaurel
.com
CE P... DE VIJOUILLEUR A FAIT COULER UNE BIELLE SUR LE DELCO DU PISTON DU CARBURATEUR.
ET T'EMBALLES, AVEC TON ÉPAVE ?
AUX CHIOTTES L'ARBITRE !!!
BEER
ENCORE UNE BIÈRE ?
JE TIENS À REMERCIER JONATHAN ET LAMINE SANS LES JOUETS DESQUELS CES SCÈNES NAVRANTES N'AURAIENT JAMAIS PU ÊTRE RÉALISÉES.

Tous les ans à la même époque, j'y ai droit : crève
carabinée. Maman appelle ça un rhume de
cerveau.
Inutile de préciser que le plan abject et cynique de
Jonathan a lamentablement échoué. Ç'aurait bien été
la première fois qu'un footballeur supporter du
PSG, lanceur de fumigènes et souffleur de trompi-
nette, aurait attrapé un rhume de cerveau. Ou quoi
que ce soit d'autre de cerveau.
Suffit de les voir frapper le ballon avec la tête.
Impossible de commettre un acte aussi bestialement
brutal avec une tête qui contiendrait quelque chose
d'un tant soit peu fragile ou précieux.
Bref, Jonathan n'a pas chopé mon rhume et c'est
bien fait pour lui. Moi, je me remets doucement. Et
j'aimerais bien que quelqu'un réponde à la question
qui me tourmente. Voici:
Je vois très bien ce que les footballeurs ont de
moins que les autres. Mais qu'ont-ils donc de plus
pour qu'on tombe éperdument amoureuse d'eux ?
SNRFL

Premier rendez-vous premier baiser.
J'en rêve depuis toujours. Depuis toujours je sais que ce jour-là j'aurai un énorme bubon sur le pif. Ou des yeux de lapin russe à cause d'une poussée de conjonctivite. Ou mon tout nouvel appareil dentaire. Erreur.
Rien de tout cela. Mais quelle crève ! Cela dit, Jonathan et moi, on n'avait absolument pas rendez-vous...
IL ME PRIT PAR LA MAIN D'UN AIR ROMANTIQUE...
...ET M'ENTRAÎNA À LA SORTIE DES CUISINES, PRÈS DES GRANDES POUBELLES.
DEVINANT SES INTENTIONS, JE RENIFLAI UN BON COUP PAR POLITESSE.
CHUIS SUBER ENRHUBÉE, SNIFF !
MAIS RIEN NE POUVAIT FREINER SON ÉLAN PASSIONNÉ.
J'ADORE.
CE FUT UN BAISER INTERMINABLE.
À LA FIN IL S'ESSUYA AVEC SA MANCHE, CE QUI RUINA CE MOMENT DE PURE EXTASE.
EN RAISON DE MA SUPER CRÈVE, JE DÉCIDAI DE NE POINT LE GIFLER.

La prochaine réunion
du Bagada's Club n'a lieu que dans
trois jours. Impossible de tenir aussi long-
temps sans raconter mon premier vrai
baiser passionné à quelqu'un. Les pa-
rents, pas question, non mais vous rigo-
lez? Qui il me reste, alors? Toujours
la même. Evidemment, Mina a
réussi à me salir mon sublime
moment d'extase (humide)
'FALLAIT QUE J'EN BARLE À QUELQU'UN. TANT BIS SI C'EST TOI. TU VEUX BLUS DE DÉTAILS? SNIFF.
MERCI, NON.
JUSTE UNE QUESTION. T'AS PAS CONTRÔLE DE SVT, BIENTÔT?
SI, BARDI BROCHAIN, BOURQUOI ?
ET JONATHAN, IL EST PAS NUL, EN SVT?
IL DÉTESTE. ET ALORS?
À MON AVIS, AVEC UN BON RHUME BIEN COULANT, IL VA SE DÉBROUILLER POUR RESTER CLOUÉ AU LIT.
LA BERSBICACITÉ DE CETTE GAMINE ME GLACE, BARFOIS.
TU SAIS, LES VIRUS SE TRANSMETTENT TRÈS BIEN PAR LES MAINS... PAS LA PEINE DE FAIRE DES CHOSES AUSSI DÉGOÛTANTES!

En général, jusqu'à 38°, ça va. Entre 38° et 39°, bouillon clair, bédés et lit douillet. Une légère fièvre sous l'édredon, pas à dire, c'est le bonheur. Au-dessus de 39°, les choses se gâtent. J'ai tendance à halluciner. Quand je commence à voir le prof de SVT, mieux vaut appeler le SAMU...
JONATHAN SERA ABSENT POUR LE CONTRÔLE, MONSIEUR.
COMMENT LE SAVEZ-VOUS, CARMILLA?
C'EST À CAUSE DU BAISER ENRHUMÉ, MONSIEUR.
SOYEZ PLUS PRÉCISE, CARMILLA.
JE VEUX PARLER DE LA TRANSMISSION DES VIRUS. ELLE S'OPÈRE PAR SIMPLE CONTACT DES MAINS MAIS AUSSI PAR LES MUQUEUSES.
CONTROLE
TRÈS JUSTE.
LÀ, AUCUN DOUTE, C'EST LES MUQUEUSES. J'AI TRANSMIS LE VIRUS À JONATHAN AVEC MES MUQUEUSES POUR QU'IL ÉCHAPPE AU CONTRÔLE.
TRÈS BIEN, CARMILLA. 18 POUR LA LEÇON ET 20 POUR LA MAGNIFIQUE PREUVE D'AMOUR.
C'EST GRÂCE À MINA, MONSIEUR.
J'AI DÛ FORCER SUR LE PARACÉTAMOL, MOI... ET SI JE SÈCHAIS LE CONTRÔLE?
GRIP

C'est la première fois que je revois Jonathan, après trois jours d'alitement. Grand moment d'émotion pour des retrouvailles bouleversantes et romantiques en diable. À propos... les sportifs seraient-ils immunisés contre les MBT ? (Maladies Buccalement Transmissibles)...
TU VOIS, L'AUTRE JOUR, T'AVAIS LE NEZ ROUGE, LES YEUX BOUFFIS ET LE TEINT VERDÂTRE.
Les Chats pelés en concert
AH OUI?
JE TE PARLE PAS DE L'HALEINE CHARGÉE, DU MUSEAU HUMIDE ET DES RENIFLEMENTS DE CHAUDIÈRE.
AH NON?
TOUT ÉTAIT RÉUNI POUR QUE CE SOIT ATROCE. BEN POURTANT, AU FOND, J'AI BIEN AIMÉ.
TROP BON.
MÊME QUE JE SUIS D'ACCORD POUR REMETTRE ÇA EN MILIEU SAIN QUAND TU VEUX.
DOMMAGE, J'AI LA PESTE BUBONIQUE DEPUIS HIER.
1-0 !!!
BAF!
"AU FOND, J'AI BIEN AIMÉ..."

Après le baiser enrhumé et la baffe bien méritée, on s'est réconciliés, Jonathan et moi. Restait un petit détail à mettre au point : la déclaration d'amour enflammée. Hélas, deux lettres maléfiques font obstacle à nos sentiments passionnés.
Ô aime !
C'EST QUAND MÊME PAS DIFFICILE!
RIEN À FAIRE, JE PEUX PAS...
TU NE M'AIMES PAS, ALORS...
MAIS SI, À MORT.
SI TU M'AIMAIS VRAIMENT, TU ME LE DIRAIS.
'PAS DE MA FAUTE. C'EST LE BLOCAGE. 'PEUX PAS. 'JAMAIS PU.
ESSAIE ENCORE. JE... T'AI... ME... JE... T'AI... ME...
'PEUX PAS.
ÇA RESSEMBLE TROP.
ÇA RESSEMBLE À "OM", C'EST ÇA?
OUI.
O.K.... T'AS QU'À DIRE : JE T'ADORE, JE T'IDOLÂTRE, JE TE VÉNÈRE, Ô SUBLIME, Ô LUMIÈRE DE MES JOURS!
...OU EST-CE QUE ÇA RESSEMBLE TROP À RACING-CLUB DE LENS?

J'ai l'impression d'avoir déjà vécu dix fois la scène sur grand écran.
La jeune fille faisant ses recommandations au garçon qu'elle veut présenter à ses parents : Fais pas ça, dis pas ça, gaffe à la collection de poupées en coquillages de ma mère, gare aux opinions politiques de mon père, cheveux peignés, jeans pas troués, pas question de fumer, etc.
Et après, la pauvre, on la voit toute tremblante au moment d'ouvrir la porte, sursautant à chaque fois que son chéri fait un geste ou dit un mot.
Évidemment, ce crétin finit toujours par commettre une méga bourde (mais les choses s'arrangeront, allez !).
Seulement voilà, la vie c'est pas du cinoche.
En tout cas, pas la mienne.
Moi, je n'invite pas l'homme de ma vie à faire le beau devant mes vieux. J'introduis l'éléphant dans le magasin de porcelaine. Et je prie : mon Dieu, faites que Jonathan soit lui-même, normal, jonathanesque, supporterpéesgicien !
Bref, je veux pas la bluette de 20h50. Moi, il me faut du lourd, du saignant, de la série Z de 22h45.
Frissons garantis.

Éternelle question de l'inné et de l'acquis (comme dirait le prof de SVT). Autrement dit: les garçons sont-ils génétiquement programmés ou sont-ils victimes de leur funeste éducation? Bref, naît-on supporter du PSG ou le devient-on? Jenny ayant hérité de son neveu Michaël (huit mois) pour l'après-midi, il était tentant d'étudier le phénomène de près.
COOL, LES FILLES! LA MASCULINITÉ NE S'ATTRAPE PAS, VOUS SAVEZ!
QUAND IL SERA PLUS GRAND, IL FERA DES CONCOURS DE PIPI EN HAUTEUR AVEC SES COPAINS. IL S'ENTRAÎNE DÉJÀ.
TALC.
COUCHE.
BARBOTEUSE.
SOUNI
TIENS! VOUS VOYEZ! IL PLEURE DÉJÀ QUAND LE PSG ENCAISSE UN BUT.
WHAAAAAA
IL NE S'INTÉRESSE PAS À LA LECTURE.
RAOUL le têtard
?
SAUF SI ÇA PARLE DE MOTOS...
AGA
TUNING motos
TU PEUX RASSURER TA SOEUR. SON ENFANT EST UN MÂLE PARFAITEMENT NORMAL.
HÉLAS.

Donc voilà: Éteinte par l'émotion, ravagée par la crainte qu'il me fasse pas bonne impression aux auteurs de mes jours, j'attends l'arrivée du bien-aimé... Trêve de plaisanterie. Espérons que les parents soient capables de comprendre qu'un jour, Bébé deviendra ÇA!
'N'A PAS DIT BONJOUR.
'N'A RIEN APPORTÉ, NI FLEURS NI RIEN.
PIEDS SUR LE CANAPÉ!
"SLURP, SLURP"! T'AS VU COMMENT IL BOIT?
'ME REGARDE MÊME PAS ALORS QU'IL EST CENSÉ ÊTRE FOU AMOUREUX DE MOI.
D'AILLEURS, NE S'INTÉRESSE À RIEN.
AUCUNE CONVERSATION.
ET VOILÀ.
JE ME DEMANDE MÊME DÉJÀ S'IL EST VRAIMENT VENU.
IL EST CHARMANT, TON AMI.
TRÈS SYMPA, CE JÉRÉMIE.

Mes parents ont trouvé Jonathan adorable et Jonathan a trouvé mes parents super cool. Ils n'ont qu'un regret (tous): ne pas avoir eu le temps de parler. On croit rêver... Qu'à cela ne tienne! Voici le bien-aimé en Visite II, le retour. Et cette fois, avec les paroles !!!
VOUS AVEZ LU DRACULA? PARCE QUE VOUS ALLEZ RIRE, JONATHAN, C'EST JUSTEMENT LE NOM DU HÉROS.
ET VOUS, VOUS ÊTES POUR QUI?
ET, DANS DRACULA, LE NOM DE L'HÉROÏNE, C'EST MINA!
AVANT J'ÉTAIS AU VIRAGE, AVEC LES BOULOGNE BOYS, MAIS MAINTENANT JE SUIS AUX SUPRAS, TRIBUNE AUTEUIL.
CARMILLA, C'EST UN AUTRE ROMAN. UNE FEMME VAMPIRE AUSSI, HÉ HÉ... MÉFIEZ-VOUS!
'Y A DAVANTAGE DE FUMIGÈNES, C'EST MEILLEUR.
10 MINUTES PLUS TARD.
...ET LÀ, ZIZOU LUI FAIT UN PASSEMENT DE JAMBES D'ENFER!
...ET LÀ, DRACULA LUI PLANTE SES CROCS DANS LE COU...
JE ME DEMANDE S'ILS S'APERCEVRONT UN JOUR QU'ILS NE PARLENT ABSOLUMENT PAS DE LA MÊME CHOSE.

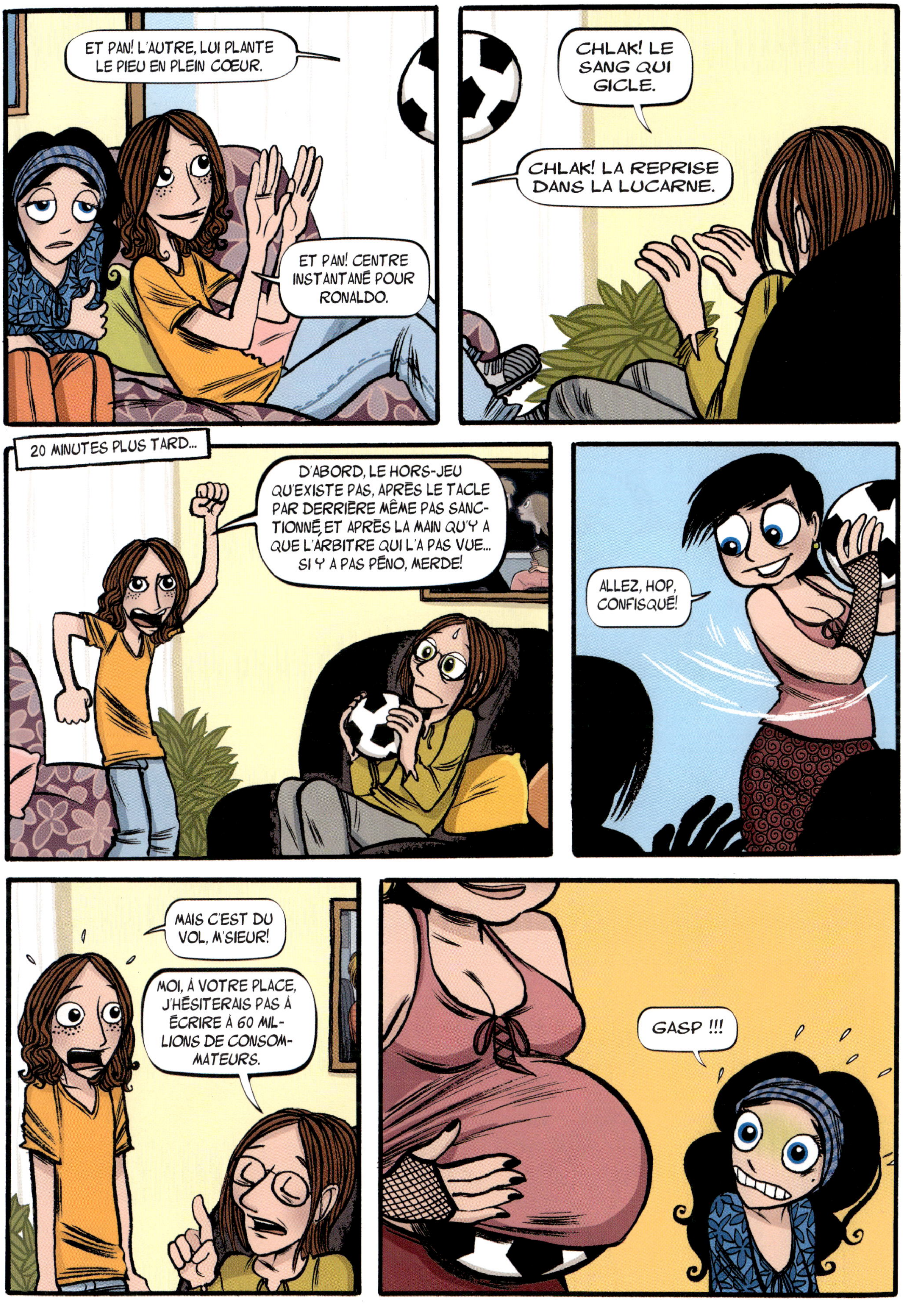
ET PAN! L'AUTRE, LUI PLANTE LE PIEU EN PLEIN CŒUR.
ET PAN! CENTRE INSTANTANÉ POUR RONALDO.
CHLAK! LE SANG QUI GICLE.
CHLAK! LA REPRISE DANS LA LUCARNE.
20 MINUTES PLUS TARD...
D'ABORD, LE HORS-JEU QU'EXISTE PAS, APRÈS LE TACLE PAR DERRIÈRE MÊME PAS SANCTIONNÉ, ET APRÈS LA MAIN QU'Y A QUE L'ARBITRE QUI L'A PAS VUE... SI Y A PAS PÉNO, MERDE!
ALLEZ, HOP, CONFISQUÉ!
MAIS C'EST DU VOL, M'SIEUR!
MOI, À VOTRE PLACE, J'HÉSITERAIS PAS À ÉCRIRE À 60 MILLIONS DE CONSOMMATEURS.
GASP !!!

Le souvenir de ce ballon gonflant le t-shirt de ma mère me hante.
Je ne peux m'empêcher d'imaginer à sa place une bosse qui n'aura rien de ronaldesque ni de zizesque.
Une boule qui enflera encore et encore avant, un jour, de...
Oui, je sais, je me fais du mal.
L'autre soir, je les ai entendus parler prénoms.
Papa proposait Vlad (le petit nom de Dracula).
Ou alors Nosferatu (de la famille vampire aussi).
Pour rigoler, évidemment.
N'empêche que ça fait froid dans le dos. Même Mina n'a plus le moral. Elle ne met plus de gelée de groseilles sur ses rillettes (son péché mignon).
Mina pense qu'il faut se faire une raison.
Qu'on ne pourra pas empêcher le pire. Mais qu'on peut peut-être encore empêcher le pire du pire.
Oui. Voilà où on en est. À limiter les dégâts.
Bref, si la Catastrophe doit arriver, qu'au moins elle soit des nôtres. Une Catastrophe fille, c'est le mieux qu'on puisse espérer. Il paraît qu'il existe des trucs. Des moyens. Des méthodes, quoi...
-M-
en concert

Mina certifie que sa
s'appelle le régime Stolkowski. Ce
bienfaiteur de l'humanité a découvert
ce qu'il faut faire pour peupler la
planète de bébés filles. Moi, j'ai dé-
couvert que l'injustice commençait
dès avant la naissance, et même
dès avant la conception. Parce que
le régime garçon, c'est charcuterie,
crustacés et sel à volonté...
C'EST VRAIMENT GENTIL, LES FILLES, DE VOUS ÊTRE PROPOSÉES POUR FAIRE LA CUISINE.
OUI, TOUS LES JOURS.
TOUS LES JOURS?
C'EST POUR SOIGNER TON RAPPORT SODIUM/POTASSIUM SUR CALCIUM/MAGNÉSIUM.
FROMAGE SANS SEL, TRIO DE YAOURTS, FROMAGE BLANC, PETITS SUISSES, FRUITS SECS PAS SALÉS, GÂTEAU AU CHOCOLAT...
ET UN GRAND VERRE DE CHOCOLAT AU LAIT.
OH... ET PAPA, IL NE MANGE PAS COMME MOI?
NON, LUI, ON S'EN FICHE.
EUH... C'ÉTAIT TRÈS TRÈS GENTIL... MAIS ENFIN, PEUT-ÊTRE PAS TOUS LES JOURS... BEUEUEU...

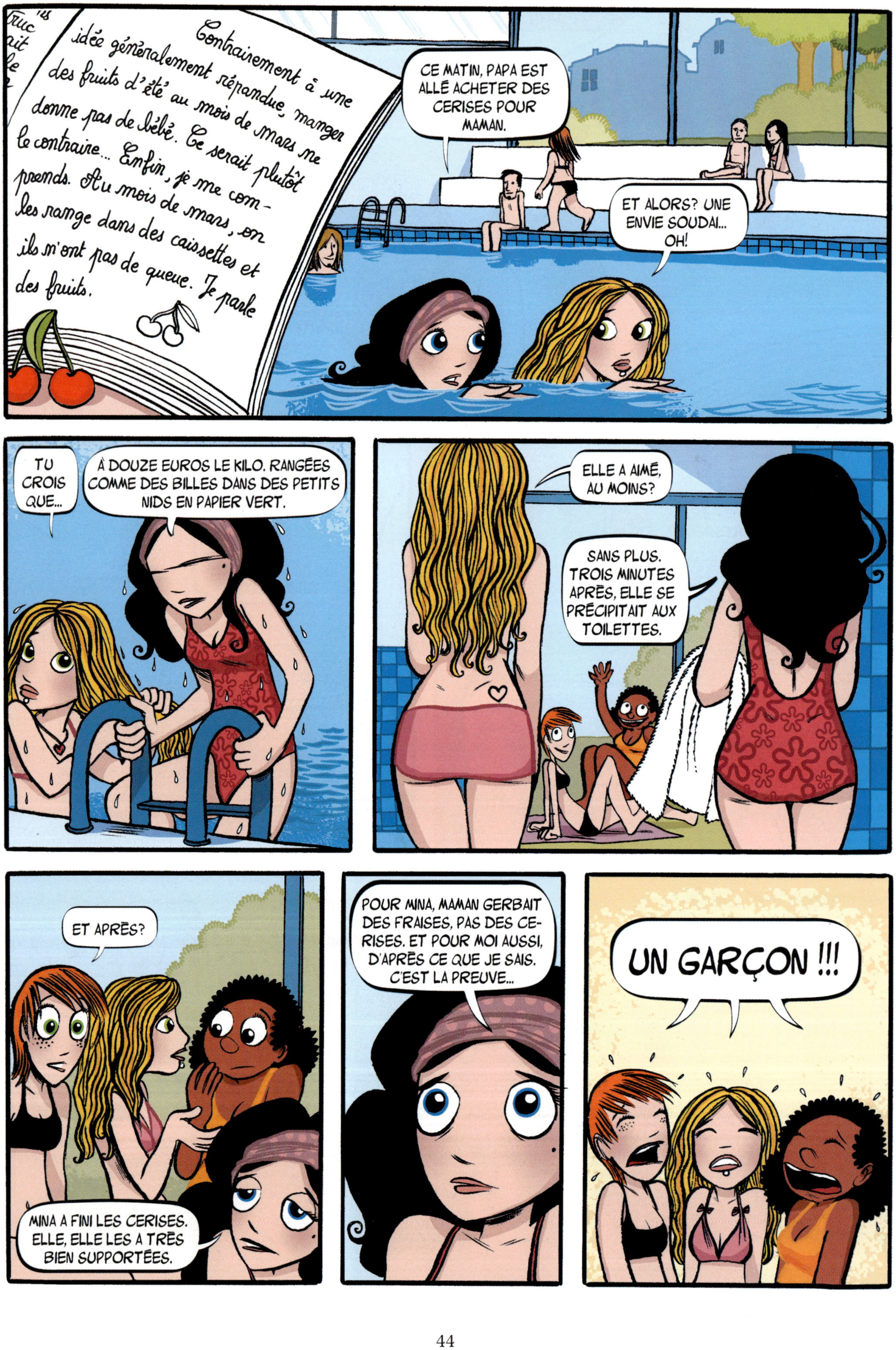
Contrairement à une idée généralement répandue, manger des fruits d'été au mois de mars ne donne pas de bébé. Ce serait plutôt le contraire... Enfin, je me comprends. Au mois de mars, on les range dans des caissettes et ils n'ont pas de queue. Je parle des fruits.
CE MATIN, PAPA EST ALLÉ ACHETER DES CERISES POUR MAMAN.
ET ALORS? UNE ENVIE SOUDAI... OH!
TU CROIS QUE...
À DOUZE EUROS LE KILO. RANGÉES COMME DES BILLES DANS DES PETITS NIDS EN PAPIER VERT.
ELLE A AIMÉ, AU MOINS?
SANS PLUS. TROIS MINUTES APRÈS, ELLE SE PRÉCIPITAIT AUX TOILETTES.
ET APRÈS?
MINA A FINI LES CERISES. ELLE, ELLE LES A TRÈS BIEN SUPPORTÉES.
POUR MINA, MAMAN GERBAIT DES FRAISES, PAS DES CERISES. ET POUR MOI AUSSI, D'APRÈS CE QUE JE SAIS. C'EST LA PREUVE...
UN GARÇON !!!

Tagada surprise, aujourd'hui. Après une orgie de chamallows grillés, des dégoulinades de Crunch et de Nutella, les filles ont sorti leurs cadeaux. Comme si c'était mon anniv'. Ça partait d'une bonne intention...
QU'EST-CE QUE...
BOUCHONS D'OREILLES. ILS EN FONT DES TRÈS JOLIS, MAINTENANT. AVEC DES PENDENTIFS.
ET ÇA?
UN NÉCESSAIRE ANTI-BÉBÉ COMPLET. CALMANT, SOMNIFÈRE, ANTIDÉPRESSEUR.
TOUVABIEN
SOMNI DODO
MON ONCLE EST TOUBIB. JE LUI AI DIT QUE C'ÉTAIT POUR FAIRE UNE BLAGUE AU PROF DE MATHS.
SINON, MÊME VAUDOU CONSEILLE DE TRÈS BONNES POTIONS POUR ASSOMMER LES ENFANTS. MAIS LE MIEUX, C'EST ENCORE... ÇA!
UN DOUBLE DES CLÉS DE CHEZ MOI! À PRIORI, TU NE TROUVERAS PAS DE MEILLEUR REMÈDE.
ALLEZ... PEUT-ÊTRE QU'IL N'AIMERA PAS LE FOOT.
... QU'IL PRÉFÉRERA LA DANSE CLASSIQUE...
... OU LA NATATION SYNCHRONISÉE.

Comme m'a dit
Maman : je sens que tu es un
peu contrariée en ce moment mais
je ne voudrais pas que tes résul-
tats scolaires s'en ressentent. Ap-
paremment, ma dernière copie de
français s'est ressentie de ma
contrariété. Mais ce n'était
encore rien...
NON, CARMILLA, GEORGE SAND N'ÉTAIT PAS UNE AUTEURE NI UNE ÉCRIVAINE. PAS DAVANTAGE UNE GÉNIE, D'AILLEURS.
C'EST TROP INJUSTE, M'SIEUR!
LA LANGUE FRANÇAISE N'EST PAS INJUSTE, ELLE EST COMME ELLE EST.
ET POURQUOI UNE FILLE POURRAIT PAS ÊTRE UNE ÉCRIVAINE OU UNE GÉNIE?
DEVINE !
POURQUOI LES GARÇONS ILS SE GARDERAIENT LES MOTS LES MIEUX?
IL Y A DES MOTS MASCULINS ET DES MOTS FÉMININS, VOILÀ TOUT.

'FAUT VOIR LES MOTS QU'ON A, NOUS!
QUELS MOTS, CARMILLA?
LES MOTS FÉMININS QU'ONT PAS DE MASCULIN.
À QUOI PENSEZ-VOUS, CARMILLA?
BEN... EUH... VOUS SAVEZ, TOUS LES MOTS EN ASSE. COMME... POUFFIASSE, GROGNASSE, BÉCASSE, RADASSE, PÉTASSE, GOURDASSE...
T'OUBLIES CRUCHE. ET GRELUCHE.
OU GOURDE !
OU MORUE !
OUI... EH BIEN... FAITES DONC DES PROPOSITIONS À L'ACADÉMIE FRANÇAISE.
TOUT DE SUITE, M'SIEUR. POUFFIEUX! PÉTASSOU ! GRELUCHON !
RADASSIN ! BÉCASSIN !
GOURDICHON ! CRUCHON ! GROGNASSOU !
CABILLAUD !
SUPPORTEUSE ! PARIS-SAINTE-GERMAINE !

C'EST BIEN UN GARÇON. ON ME L'A ANNONCÉ, COMME SI JE N'AVAIS PAS ÉTÉ LA PREMIÈRE À LE SAVOIR...
L'AVANTAGE, C'EST D'ÉVITER LES FLOTS BLEUS, PAS ASSEZ CONFORTABLES POUR UNE FEMME DANS CET ÉTAT. NORMALEMENT, JE DEVRAIS PASSER UN MOIS AUX PINS VERTS AVEC JONATHAN. LÀ-BAS, LA MER EST PLUS GRANDE QU'AUX FLOTS BLEUS. C'EST PLUS PRATIQUE POUR SE NOYER.
SI TOUT VA BIEN, JONATHAN ME FERA ENFIN SA DÉCLARATION D'AMOUR ENFLAMMÉE ET APRÈS ON MANGERA DES MERGUEZ. OU DES CHICHIS (SUIVANT L'HEURE). CE SERA FOLLEMENT ROMANTIQUE.
J'AI PROMIS À MAMAN D'ÊTRE SAGE. ELLE PEUT ÊTRE TRANQUILLE. JONATHAN ET MOI AVONS EU UNE CONVERSATION SÉRIEUSE À CE SUJET. NOUS N'AVONS PAS L'INTENTION D'AVOIR D'ENFANT AVANT LA COUPE DU MONDE 2022.
MAMAN A AUSSI TENU À RENCONTRER LES PARENTS DE JONATHAN. J'AI APPRIS À CETTE OCCASION QUE SON PÈRE ÉTAIT PLUTÔT RUGBY. ENFIN UNE BONNE NOUVELLE. J'AURAI QUELQU'UN À QUI PARLER. MINA M'A REMIS UNE NOTE TECHNIQUE HILARANTE, GENRE LE BALLON EST POINTU AUX DEUX BOUTS ET IL FAUT LE FAIRE PASSER ENTRE DEUX PERCHES. OU LE MEILLEUR: IL FAUT EMMENER LE BALLON À L'AUTRE BOUT DU TERRAIN MAIS ON N'A PAS LE DROIT DE L'ENVOYER EN AVANT. ELLE M'A FAIT UNE PHOTO MONTAGE OÙ ON VOIT DES TYPES EN SHORT QUI POUSSENT LES UNS CONTRE LES AUTRES EN FAISANT SEMBLANT DE CHERCHER LE BALLON. GÉNIAL!
DÈS QUE BÉBÉ EST NÉ, PROMIS, JE VOUS ENVOIE UNE CARTE POSTALE.

f*Parme

La vraie carmilla...
...remercie Laurel de la dessiner aussi bien!

Journal

MISS GALLY 06